Gefühlsbogen

Widmung

Dieses Buch widme ich den Menschen, auf die ich unaufgefordert zählen durfte, in einer schwierigen Zeit.

Ganz besonders erwähnen möchte ich:

Meine Mutter

Edith Höcker

Meine Freunde

Diede & Karl
Inge & Werner
Micky & Helli
Schwämmchen

Die Erkenntnis, noch meine Mutter, echte Freunde (und einen Chef) zu haben, Menschen die mich bedingungslos, jeder auf seine ganz persönliche Weise unterstützt haben, gab mir die Kraft, die ich brauchte um wieder Lächeln zu können.

Gefühlsbogen

von heiter bis wolkig

Anette Börder

Impressum:

Copyrightvermerk:
© Anette Börder – 2007

Herstellung und Verlag:
Books on Demand GmbH, Norderstedt

ISBN 9783833497544

Biografische Information der Deutschen Bibliothek
Die Deutsche Bibliothek verzeichnet diese Publikation in der
Deutschen Nationalbibliografie; detaillierte biografische Daten
sind im Internet über http://dnb.ddb.de abrufbar.

Vorwort - Warum dieses Buch?

Liebe Leserin,
lieber Leser,

nachfolgende Texte spannen Teile meines Gefühlsbogens aus der Welt menschlicher Emotionen. Sie beschreiben meinen Streifzug quer durch das Leben – von heiter bis wolkig.

Ja, mögen Sie sich in unterschiedlichsten Lebenssituationen wiederfinden und Sie zum Denken anregen, Ihr Fühlen zu vertiefen und Ihre Seele zu beleben.

Herzliche Grüße

Ihre

Anette Börder
Rengsdorf – Westerwald
im Frühjahr 2007

Ent-

Ob Täuschung meines (Noch) Mannes
oder Selbsttäuschung
ist nicht die Frage um die es geht.

ENT - TÄUSCHUNG

Der Wahrheit endlich
ein Stück näher gekommen zu sein
und mit Selbstachtung
mir gegenüber
zu überleben
und mit Freu(n)de(n)
weiterzuleben, neu zu lieben ...
ohne Angst vor neuen Enttäuschungen.

täuschung

Augenfarben

Wenn ich nicht ab und zu
mal zu blauäugig gewesen wäre,
wüßte ich nicht,
wie braune, blaue oder grüne Augen aussähen.

Durch meine
Blauäugigkeit
habe ich in speziell in braune
Augen - gesehen

aber nicht

den Menschen dahinter
kennengelernt.

Umschluß = Abschluß?

Soeben habe ich ein letztes Mal die Haustür
zugezogen
und
abgeschlossen

die Schlüssel dem Notar übergeben.

Es ist sicher einfacher nur die Tür hinter sich zu
schließen

als auch

den damit verbundenen Teil seines Lebens
abzuschließen.

Mit den Augen der Herzen...

überwältigt
von den Geschenken der
Zuneigung, Hilfsbereitschaft
und Taten
meiner mir zur Seite stehenden Freunde,
spiegelt sich in den Tränen meiner Augen
vor Rührung
ein unbeschreiblicher Gefühlsbogen.

Überwältigt
von der Kraft
des Geliebt werdens
sehe und fühle ich in einer schwierigen,
gar aussichtslosen Zeit
erstmals
mit den Augen
der Herzen, die mich beschützen.

Dafür
und für noch viel mehr...
DANKE

Be-Urteil-t

sie erhalten (m)einen Schriftsatz
sie erhalten (s)einen Schriftsatz

§

sie sehen meine Kleidung
sie sehen meine Haare
sie sehen mein Gesicht

sie erleben die Verteidiger

§

...und sie bilden sich ein Urteil-
und verkünden ihr Urteil!

§

Noch bevor sie einen Blick
in mich geworfen haben.

§

Es sollte mich zum Lächeln bewegen.
Egal
wie ich Be-Urteil-t werde.

Zeit und alltägliche Verpflichtungen
können aus zwei sich liebenden Menschen
zwei Fremde werden lassen.

***

Glaub an dich!
Warum sollte es jemand anderes tun?

Zeitmanagement

Zeit für mich bedeutet, daß meine Seele
auftanken kann.

***

Es muß Liebe sein,
wenn dich ein Mensch zum Weinen bringt
- weil du so glücklich bist -
gerade diesen Menschen
und dessen Zuneigung zu erfahren.

Heilt die Zeit wirklich die Wunden?
Oder,
glättet sie nur die Narben?

***

Um Ehrlichkeit, Schuld oder Unschuld
geht es heutzutage nicht bei einer Scheidung.
Es dreht sich nur um Geld und Paragraphen

- die Menschen die es betrifft -
betreffen diese Paragraphen nicht!

Aus einer Verletzung der Seele kann
Überheblichkeit entstehen,
die von Anderen
als Hochmut tituliert wird.
In Wirklichkeit
ist sie aber der Zufluchtsort
der Seele.

***

Um in eine neue Liebe einzutauchen,
braucht man langen
Atem.

Die kalte Schnauze
meines Hundes
ist erstaunlich warm
gegen die
Kaltschnäuzigkeit
meines Mannes
(2004)

Freundschaft kann man sich nicht kaufen
sie kann "nur" verschenkt werden,
soll heißen, man kann sie „nur" - geschenkt
bekommen.

Danke für Deine vielen
"Päckchen"
zu vielen verschiedenen Anlässen
oder auch mal
einfach so - unverpackt!

Für Schwämmchen

Die weibliche Intuition ist der entscheidende
Aspekt, daß Frauen
oft intelligenter erscheinen als Männer.

***

Es ist nicht immer die Liebe
zu einem Menschen,
die uns bei ihm hält,
bei Manchen ist es die Suche
nach Erinnerungen und Gefühlen
die sie sich vor langer Zeit gegenseitig schenkten.

Gibt es Angst
vor dem Versagen - neu geliebt zu werden?

***

Um den Führerschein zu machen
bedarf es Übungsstunden in Theorie und Praxis
(incl. Überland- Nacht- und Autobahnfahrten)
mit anschließender Prüfung.

Um zu heiraten
bedarf es nur einer Anmeldung am Standesamt,
ohne über die rechtlichen Folgen informiert,
ausgebildet oder gar geprüft zu werden.

Ich weiß nicht, wie viele Menschen
sich in einen Menschen
via Internet verliebt haben.

Doch beim visuellen
Kennen- lernen wird deutlich,
daß Gefühle mehr sind als
der Ausdruck über die Anonymität der
Tastenwelt.
Emotionen kann man eben nicht
im Netz verschicken.

***

Moderne Kommunikation:

Telefon, SMS, Mails...

Beim Telefonieren kann ich mir sicher sein,
daß der Empfänger meine Nachricht empfangen
hat.
Nicht aber, daß er sie auch verstanden hat.

Nur wenn mich der Geist des Mannes fasziniert -
möchte ich mehr von ihm.

***

Verständnis

Es gibt nur einen Menschen
auf der ganzen Welt,
den ich ganz und gar verstehen sollte
- nämlich mich! -

Ein Mann muß mich berühren,
ohne daß er mich anfaßt!

Ein Mann muß mich fesseln,
ohne daß er Handschellen anlegt!

Ein Mann muß mich begreifen,
damit ich von Ihm ergriffen bin.

Nur in Freiheit - kann Liebe entstehen
und Bestand haben.

Gefühle sind weder haltbar,
noch zu konservieren.
Deshalb versuche ich positive Momente
auszukosten
um diese in meinen Gedanken
wenigsten für mich selber
abrufen zu können.

***

Freiheit

kann bedeuten
seine Zeit mit dem Menschen
zu verbringen, den man liebt.

Es gibt viele,
die mich als starke Frau bezeichnen
und mich bewundern,
wie ich mit meinen Problemen umgehe,
vor die ich von jetzt auf gleich gestellt wurde.
Denen möchte ich sagen,
daß stark sein - nicht immer -
die Gewinner-Seite des Lebens darstellt.

Einem Menschen viele seiner Gedanken zu schenken,
kann Kribbeln im Bauch verursachen.

***

Was man nie verlieren sollte.
ist die Liebe zu sich selbst
und die
zu den Menschen, die es wert sind,
von einem selbst
geliebt zu werden.

Zum 40. Geburtstag bekam ich
von meinen Freundinnen
meine Altersvorsorgung
- ein Ohrensessel -
nach meinem Umzug
wurde dieser ver - rückt.

Meinen neuer Platz
in meinem neuen Leben
wurde auch ver - rückt.
Wie recht sie doch hatten
mit der Vorsorgung.

Einige Menschen
ertragen meine Stärke nicht!

Sind sie zu schwach?
Oder gilt das gar für mich?

***

Schreiben ist m(eine) Art mit
meinen Gedanken und Gefühlen
umzugehen und diese zu verarbeiten.

Anspruchsdenken

Wer genügt schon den Anforderungen - die er
selbst an andere stellt?

***

Menschen, die meinen Gefühlen
nicht stand halten,
können *mir*
nicht stand halten

Meine Freundin sagte mal,
du mußt ein Engel sein.
Auch wenn ich das nicht bin,
war ich eine Zeit lang - das Einzige -
woran *sie* noch glauben konnte.

***

Die Intensität,
mit welcher man einen Menschen
erstmals erlebt,
entscheidet,
ob man ihn wiedersieht und
wieviel Zeit man ihm widmet.

Einsamen
fehlt Zweisamkeit
bei zuviel Zweisamkeit
fehlt
Einsamkeit
und *ent - zweit* die
Zweisamkeit

***

Die Intensität einer Verbindung zweier
Menschen
wird nicht nur über
die Zeit, die sie miteinander verbringen,
zum Ausdruck gebracht.

Während ich hier sitze und auf Dich warte
höre ich auf zu leben!

Das soll nicht sein
also warte ich nicht länger auf Dich

und lebe - für mich!

***

Meine sterbende Freundin hat mir 1986 gesagt:
„Ich wünsche mir,
daß Du später einmal an mich denkst."

Wenn ich das auch mal schaffen werde,
daß einer an mich denkt, habe ich wohl viel
erreicht.

Sie schafft es immer noch,
daß ich in schwierigen Situationen
nicht - aufgebe!

Danke Viktoria

Sich in Geduld zu üben
erfordert manchmal
mehr Kraft,
als zu handeln.

***

Verletzungsgefahr

Kaputtes Porzellan
werfen wir achtlos weg.
--
Warum halten so viele
an ihren spröden
Beziehungen fest
und verletzen sich laufend?

Ich habe keine Zeit!

Ist eine der größten Lügen
- *täglich* -
obwohl doch gemeint ist
dazu
habe ich keine Zeit.

Warum lügen so viele
- so oft? -

Musik
kann wie Hypnose wirken.

Geschriebenes
wird nie so intensiv erlebt.
Warum komponiere ich nicht lieber?

***

Ob ich jemanden
meine Hand reiche,
kann ich alleine bestimmen.

Ob der Jemand
um meine Hand anhält,
vermag ich nicht
zu sagen.

Wenn an manchen Menschen
Komplimente
scheinbar abprallen
-
bedeut es nicht,
daß diese
sie nicht wohl
genießen.

***

Wieviel wir ertragen können,
merken wir immer dann,
wenn wieder etwas dazu kommt
und wir uns sagen
"Gott sei Dank, nicht mehr!"

Wenn lebendige Menschen
tote Augen haben,

-

sollte man dann sofort
mit der Wiederbelebung beginnen?

***

Ist eine Freundschaft,
die - ohne Worte - gelebt werden kann,
gleichbedeutend
einer Sinfonie der Sinne?

Ich habe Dir schon oft zu verstehen gegeben
wie wichtig Du für mich bist und was
Du für mich bedeutest.

Trotzdem
habe ich immer noch nicht
all die richtigen Worte gefunden,
die das ausdrücken was ich für Dich empfinde.

Für Mameliese

Sehn-

Obwohl ich Dich nicht richtig kannte,
spürte ich - Du bist mir wichtig.

\- - -

Bedeutet dies, daß man nicht
alle kennen muß um sie zu vermissen?
Und - macht erst *sehen* - süchtig?

sucht

Ich freue mich auf den Tag,
an dem ich ohne Ach
zurückschauen kann.
Auf das, was sich meine Ehe nannte.

***

Internet-Partnerbörse

Warum suchen gerade hier die Menschen,
die angeblich alles das in sich vereinen,
wonach sich jeder sehnt?
Liebe, Vertrauen, Gefühl, Ehrlichkeit, Treue ....
sind wohl eben doch Dinge,
mit denen die wenigsten dauerhaft umzugehen
vermögen.

ZU HAUSE

Ist nicht zwangsläufig dort,
wo man postalisch gemeldet ist.
-
Vielmehr dort, wo man verstanden wird
- auch wortlos -
wo man herzlichst willkommen ist
- jederzeit -

Demenz

Abschied auf Raten
ohne Zinsfestschreibung
und Laufzeitbestimmung

***

Wenn die Tränen getrocknet sind - sieht man
klarer.

Du bist unkäuflich,
allerdings nicht unbestechlich.

Weil Du Liebe, Nettigkeiten
und Freundschaft
geradezu wehrlos und hungrig
entgegennimmst und diese kein
Preisschild tragen.

***

Einbrecher werden verhaftet und bestraft.
Was passiert mit Wandalisten der Seele?

Liebe den Augenblick,
dann liebst Du augenblicklich auch Dein Leben.

Das Rechtsmittel gegen
ein Urteil
heißt Berufung.
-
Welche Berufung
gibt's gegen ein Vorurteil?
-
Weil es keine Berufung gibt
ist das Vorurteil deshalb verrufen?

***

Wie schwer ich
an meiner Last trage,
liegt oftmals daran
wie stark ich gerade bin.

Die Bedeutung eines Kompliments potenziert
sich mit dem Alter.

***

Manche Eltern meinen es
immerzu nur gut
mit ihren Kindern und regeln alles für sie.

Kann es sein,
daß ihre Nerven in Wahrheit zu schwach sind,
um ihren Kindern Pflichten zu übertragen
und sich in Unsicherheit wagen?

Oftmals erkennt man den Wert einer
Freundschaft erst
wenn sie zerbrochen ist.

***

Glücksmomente erlebe ich,
wenn ich einem Menschen Glück bereiten kann,
der liebevoll in meiner Seele lebt.

politisch gesagt

Ahnungslose glauben viel.
Viele glauben an Ahnungslose.

***

Wer seine Krankheit nicht erkennt - kann nicht
geheilt werden.

Kennenlernen

bedeutet kennen und lernen
-immerzu-

***

Begehren glüht so lange - wie Stahl beim Abstich

Geistig unterbelichtet

Wer mit Worten nicht weiterkommt
benutzt die Fäuste.

***

Hunde sind oft die treuesten Freunde im Leben.
Schön, wenn Menschen auch dazu zählen.

Die Einsicht eigenes Unrecht zu erkennen,
bedeutet gute Aussicht.

***

Von den Kindern gefangen bedeutet,
gefangen von den eigene Genen.
Ist das „geniale" Fortpflanzung?

Alleinsein kann heilsame Therapie für sich selber
bedeuten.

***

Ehe
Bis daß der Tod euch scheidet.
Bedeutet Scheidung gar auch Wiederbelebung?

Manche Romanzen beginnen wie im Märchen.
Verlaufen nicht auch viele Märchen recht brutal?

***

Adel verpflichtet - wozu eigentlich?

Echte Freunde teilen mit Dir
die Wahrheit und die Weisheit,
ohne sie jemals als Waffe zu gebrauchen.
Andere "Freunde"
sind Waffen-scheinpflichtig.

***

Freundschaft verglichen mit einem
Investmentfond:
Es handelt sich bei beiden
um thesaurierende Anteile ohne zu wissen,
wann die Baisse oder die Hausse kommt
und wie die Verzinsung sein wird.

Im Gegensatz zu den Unternehmen an der
Börse,
kannst Du Deine Performance
täglich selber bestimmen
- und Du bleibst wertvoll -
egal wie Deine "Kursschwankungen" auch
ausfallen.

**

Das Leben ist wie eine Reise,
bei der es nicht darauf ankommt
schnell anzukommen,
sondern - unterwegs zu sein.

Tatsachen können sein
Tat-Sachen
das gibt's tatsächlich, daß sich daraus neue
Tatsachen ergeben

***

In einer modernen Ehe
hat die Frau die Hosen an,
während den Mann sein Amt bekleidet.

Höflichkeit ist ein Stoßdämpfer im Leben

***

Glück kann sein, von einem kleinen Hund
begrüßt zu werden.

Was kostet mehr Kraft?

Einen Sieg zu erringen
oder
eine Niederlage wegzustecken?

***

Menschenleben verglichen mit einer Blüte:
Nur der Mensch, der sich öffnet, wird als
betörend empfunden werden können.

Schutz-

Es ist normal,
daß wir uns in kalten Tagen warm anziehen.

Warum jedoch ziehen wir uns warm an,
wenn wir Gefühle empfinden, die uns wärmen?

Vor wem oder was
möchten wir uns schützen?

Dagegen gibt es - noch - keine

Impfung

Nach meinem Auszug
sorge ich für Ordnung - in meinem Leben.
Ich fühle mich nicht lebenslänglich
verantwortlich für Deine seelischen Müll-
Deponien.
Ist das Wert-Stoff-Trennung?

***

Wieso trägst Du so viele Grenzen
mit Dir herum?
Es macht Dich zum Zonenrandgebiet.

Nur wer seine Verhältnisse klärt wird klar sehen.
Aber Mut zur Veränderung der Sehschärfe
gibt es noch nicht auf Rezept.

***

Wunsch-
Manche Menschen meinen mich zu kennen.
Ich frage mich, mit welchem Objektiv,
mit welcher Brennweite,
mit welcher Zeiteinheit
und aus welchem Blickwinkel
sie mich aufgenommen und belichtet haben.
linse

Sich öffnen können
ohne Angst vor einfachem Diebstahl - das macht
Freundschaft aus.

***

Wann gibt es endlich Navigationssysteme
für uns Menschen?

Wie intelligent muß es sein,
um uns verständlich zu machen,
daß nur wir selber uns navigieren können.
Egal wohin, wie schnell, oder über welche
Umwege,
sogar die Wahl des Fortbewegungsmittels bleibt
uns überlassen
und wir können noch Sehenswürdigkeiten
besichtigen.

Vor kurzem wurde ich aufgefordert, meine
Lebensaufgabe zu beschreiben.
Bei dem Versuch der Antwort - wurde mir klar,
daß ich erst einmal die Fragen exakt formulieren
muß
das alleine
ist schon eine Aufgabe für sich!

***

Verzicht muß man sich leisten können.

Wer auf Händen getragen wird - verliert sein Standbein.

***

Distanz kann verbinden.

Treue fängt bei mir selber an.

***

Macht eine Trennung Sinn?
Ich muß ihn ihr geben - dann ganz sicher -
jedenfalls für mich.

Freundschaft lebt - nur - dann,
wenn man einander geben und nehmen kann.

***

Um anzunehmen,
muß man reich im Herzen sein.

Gedanken sind Visionen von zukünftigen Taten.

***

Ist das Standesamt so etwas wie eine
Zulassungsstelle der Liebenden?

Du überschüttest mich mit Forderungen und
Paragraphen.
Ich gehe beiseite, um nicht verschüttet zu
werden.
Manchmal ist es auch schön ausgegraben zu
werden und als wertvoll zu gelten.
Danke - an ALLE die mich gefunden und
entstaubt haben.

***

Fragen Sie bitte Ihren Arzt oder Apotheker...

Wer oder was
heilt die Wunden meiner Seele?

Es ist schön, daß wir voneinander entfernt
wohnen,
somit haben wir immer die Möglichkeit
erneut aufeinander zuzugehen.

***

Wenn ich zu Dir fahre - klopft mein Puls bis an
den Hals.
Wenn ich Heimfahre - klopft mein Herz
rhythmisch und ruhig.
Wenn ich bei Dir bin
wirkst Du wie eine Herzrhythmustablette.
Bist Du
verschreibungspflichtig?

Gedankensprünge - sind leider nicht olympisch,
obwohl manche eine Medaille verdient hätten.

***

Für depressive Menschen erscheinen
unsichtbare Dinge als Schatten.
Die wir wiederum nicht erkennen können.

Mein Herz und Gefühl sende ich Dir,
weil ich mutig bin,
ohne Einschreiben - Rückschein.

***

Du liebst Enten - tauchst Du deswegen
manchmal ab?

Nachdruck schafft Eindruck.

***

Wieso kostet Loslassen soviel Kraft?

Für meine Freundin:

Du bist mein Routenplaner.
Falls ich vom empfohlenen Kurs abkomme,
sendest Du mir sofort eine
weitere Möglichkeit, mein Ziel zu erreichen und
anzukommen.
Danke!

***

Weinen kann sein - Frühjahrsputz für die Seele.

Nur ein Blitz im Dunklen kann Orientierung
verschaffen.

***

Vereinsamt sind jene Menschen,
die miteinander leben, aber
die sich nichts mehr zu sagen haben,
noch nicht einmal - Guten Morgen.

Und jene die einander nicht mehr in den Arm
nehmen.
Gerade diese bräuchten dringend eine
herzliche Umarmung, die ihre Seele mit
einschließt.

Liebe ist sich zu verlieren ohne selber dabei
verloren zu gehen.

***

Zwei Herzen und zwei Seelen treffen sich
die im gleichen Rhythmus schwingen.
Was entsteht daraus?
Ein Herz und eine Seele.
Weniger kann manchmal mehr sein.

"Man darf sich vor einem Mann nur ausziehen -
nicht anziehen."
Sagte meine Lebenserfahrene Freundin vor vielen
Jahren zu mir.
Verstehen tu ich es erst - heute - viele Jahre
später.
Wie recht sie doch hat mit der "Anziehung."

***

Ich hatte mich in meinen Gedanken verloren.
Danke, daß Du mich gefunden hast.

Liebe bedeutet auch im Sturm nicht vom Winde
verweht zu werden.

***

Beleuchte Deine Gedanken,
dann kannst Du leichter über Deinen Schatten
springen.

Als wir uns kennen lernten war ich zögerlich,
Du wolltest unsere Freundschaft.

Du wolltest mir beweisen, daß wir es uns wert
sein werden, daß ich mich für Dich öffne
und
ich Freundschaft erleben darf,
so wie ich sie mir vorstelle.

Dabei hast Du mir bewiesen,
wieviel es wert ist,
Dich an meiner Seite zu wissen.

Du bist mein Glückslos in jeder Beziehung.
Nieten hatte ich ja schon genug.

Gute Freunde achten darauf, daß Du Dein
Tempolimit einhältst.

***

Nicht jeder darf in meine Seele schauen.
Manchen Freunden gestatte ich
eine Rundreise darin und sie
bedeuten mir Dinge, die ich selber
noch nicht gesehen habe.
Vielleicht bin ich manchmal zu schnell
unterwegs.

Gefangen im goldenen Käfig - würdest Du noch
einmal den Preis für die Eintrittskarte lösen?

***

Gute Freunde treiben Dich an
damit Du Ansporn hast und
bremsen Dich sanft,
bevor Du wegen
überhöhter Geschwindigkeit
einen Unfall erleidest.

Wer zuviel über die Liebe nachdenkt,
wird keine Zeit haben, die Liebe zu erleben.

***

Wenn Eltern Gefangene der Vergangenheit sind,
sollten sie darauf achten,
daß ihre Kinder
keine zukünftigen Häftlinge werden.

Lächeln verbindet

***

Wenn ich nicht den Mut habe das Land hinter
mir zu lassen,
werde ich kein neues Ufer erreichen.

Nette Zeilen,
gegenseitige Achtung,
literarische Geschenke - einfach so.

Ergriffen von netten Worten,
aufsaugen von freundlichen Gesten,
Deine Aufforderung an mich weiterzumachen,
denn Du könnest Dich daran gewöhnen.

Das Strahlen Deiner blauen Augen als wir uns
begegneten
und während des Abends - ein Abschied - mit
der Bekundung
wir sehen uns wieder.

Dann Deine Re-Aktion

weiter - zu - machen

Nobel und einfach zugleich
von Dir die Schuld auf Dich zu nehmen.

Wann drückst Du endlich die Taste - Abtauen?
Oder glaubst Du, daß Deine eingefrorenen
Gefühle
im Gefrierfach endlos geschützt sind?

Ich wollte bis an meine Grenzen gehen.
Doch wurden mir Grenzen vorgesetzt,
so daß meine Landkarte
nicht das Gebiet ist, in dem ich lebe.

***

Auch wenn ich weiß, wo ich hin will,
um anzukommen muß
ich mich in Bewegung setzen.

Perspektivenwechsel

So begegnete ich mir - und lernte *mich* endlich kennen.

***

Wie stark muß ein Mann sein, um eine starke Frau halten zu können?

Grenzen-

Viele Männer wünschen sich
freie und selbständig
handelnde Frauen.
Begegnen sie einer solchen - und
finden sie sie gut,
grenzen sie diese Frau ein
und sind sie im Handumdrehen wieder

los

getrennt – lebend

noch bevor die Trennung endgültig vollzogen ist,
meinen manche,
eine neue Beziehung eingehen zu können.
Vielleicht sollten sie sich besser für die
Paralympics bewerben.

***

Erfolg im Sport - erfolgt im Kopf.
Erfolg, er - folgt!

Bezugspersonen sind oft jene,
von denen man vieles bezieht, ohne Bezug zu
ihnen zu haben.

***

Die Verliebtheit
spürt man nicht im Kopf,
sondern in der Magen- oder Herzgegend.

Eigene Schwachstellen erkennen - bevor andere
sie sich zunutze machen.

***

Stroh im Kopf und Geld wie Heu,
sind das moderne
Prinzen?

Wenn du nur tust was du darfst,
darfst du nur noch das, was du tust.

***

Wer im Mittelpunkt steht,
sollte - schon –
seinen Radius kennen.

Freundschaft ist nur selten echt
und Plagiate will ich nicht,
weil die erkenn ich vielleicht nicht.
oder
Freundschaft ist nur selten echt.
Das Plagiat erkennt man oftmals nicht.

***

Unterstützung von Freunden zu erfahren,
ist ein größeres Geschenk,
als geliebt zu werden.

Lebenskalender

Jeder neue Tag
ist wie
ein leeres Kalenderblatt.

Die Ausgestaltung
bleibt uns überlassen
heißt es...

Doch oftmals
sind schon viele
Termine vorgegeben und
bereits eingetragen.

Sicht-

Einsicht auf Aussicht
bedeutet das?

Aussicht auf Einsicht?

weisen

***

Selbst auf bestem Fotopapier
läßt sich kein
dunkler Charakter
entwickeln.

Erst die Arbeit dann das Vergnügen....

Wer kann sich das Vergnügen
bei der Arbeitslosigkeit noch leisten?

***

Viele Köche verderben den Brei.
Reicht nicht auch
ein
verliebter Koch?

Gehe oft den Weg zu deinen Freunden bevor das Unkraut den Weg versperrt.

***

Verwandte sind Zwangsbekannte.

Gehen scharfzüngigen Äußerungen,
gepfefferte Einnahmen voraus?

***

Die Sprache, die die ganze Welt versteht, besteht
nicht aus
aneinander gereihten Buchstaben,
sondern aus
Gesten und einem Lächeln.

Hör hin bei dem was Du sagst, nur dann
wirst Du Gehör finden.

***

Wer grundsätzlich nur an Testempfehlungen
glaubt,
hat sich selber nie
auf die Probe gestellt.

Wer groß werden will, darf die Kleinen nicht übersehen.

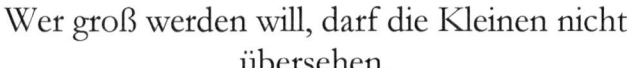

Pünktlichkeit kann zeitweise einsam machen.

Lebenslänglich bedeutet 15 Jahre.
Wegen "guter Füh(r)gung" wurde die Ehe nach
10 Jahren geschieden...

***

Ehe und Mathematik haben gleichartige
Kürzungen
- fragt sich nur -
welcher Bruch der richtige ist.

Schade, daß
bei aller Technik der Charakter
nicht zu fotografieren ist.
Vielleicht würden auch
viel zu viele Negative
entstehen.

***

Bist Du ein Geisterfahrer, wenn Dir auf einmal
viel entgegenkommt?

Reden ist Silber - Schweigen ist Gold.
Ist Schreiben Platin,
weil man es nachlesen kann?

***

Obwohl sich die
Zeiten ändern - bleibt vieles
beim Alten.

Halt gibt mir sogar der, den ich stütze!

***

Aufrichtige Freundschaft verlangt nachsichtigen Respekt.

Liebe macht blind...
warum schauen wir dann so
auf Äußerlichkeiten?

***

Die Unsicherheit in der Stimme - schwächt jedes
noch so starke Argument.

Beteuerung kann Zweifel bedeuten.

***

Der schwerste Gegner ist
leichter zu bezwingen
als sich selbst.

Die Pharmaindustrie hat schon vieles entwickelt.

Wo erhalte ich
Balsam für meine Seele?

***

Die von Pharmaindustrie entwickelte Medizin
in Form von Infusionen, Tabletten, Tinkturen,
Salben...
ist verschreibungspflichtig und von Apothekern
gegen Rezept auszuhändigen.

Wie rückständig und hilflos wir jedoch noch sind,
merken wir erst,
wenn wir keinen Arzt oder Apotheker in der
Nähe wissen.

Romanzen im Film enden immer mit der
Hochzeit,
vielleicht weil auch im Leben
die Romanze
mit der Hochzeit endet.

***

Ein gestreckter Sitz ist nicht gleichbedeutend
einem aufrechten Charakter.

Ein bestimmter Augenblick des Glücks läßt uns
auch im Alter noch immer lächeln.

***

Wenn ein Reicher etwas Gutes tut,
ist der Grund dafür Moral
oder
die Steuerrückerstattung?

Freundschaft hat nur
- ohne - ja, aber...
Bestand

***

Ein Guten Morgengruß ohne Echo wird auf
Dauer verhallen.

Gleichgültigkeit in einer Beziehung
kündigt deren
Ende an.

***

Will man einem Freund was schenken,
schon beginnt man loszurennen, rätseln, laufen,
shoppen, backen,
Briefe schreiben und verpacken.

Doch am schönsten ist es,
zu verweilen
und vor allem dran zu denken,
sich ein "Päckchen" Zeit zu schenken.

Die Liebe trifft uns Menschen wie der Blitz!

Warum leiden
so viele - so lange
an
Überspannungsschäden?

***

Treibstoff der Motivation ist Begeisterung.

Misserfolge sollten wir als
Umleitungsschilder
in unserem Leben deuten.

***

Vergangenheit und Gegenwart sind nur einen
Atemzug voneinander entfernt.

Ruhm beschreibt eine glänzende Vergangenheit,
jedoch nicht
eine glanzvolle Zukunft.

***

Wir haben uns die
Ehe
versprochen.

Vielleicht haben wir
uns
"versprochen".

Unsere Hochzeitfotos
wurden in Farbe und auf
Hochglanzpapier entwickelt.

Das anschließende Leben
entwickelte sich in vielen Graustufen
nicht immer glanzvoll
schwarz-weiß

Für Glanz im Leben
muß man wohl selber sorgen!

VER-

Wir waren verliebt,
haben einander vertraut - wurden getraut
und haben uns die Ehe versprochen.

Mein Blick zurück sagt mir:
Ich habe mich ver - liebt
und habe dem Falschen ver – traut,
somit habe ich mich real
ver – sprochen.

Mein Blick nach vorn zeigt mir:
Ich möchte mich neu
ver - lieben.
Ob ich mich noch mal
traue
zu ver - trauen

um mich zu Trauen,
möchte ich heute noch nicht
ver - sprechen.

TRAUT

Freundschaft ist dort wo wir uns ohne
zu verständigen - verstehen

***

Die Energie, die meine Freundin erweckt,
mag stärker sein
als die, über die sie selbst verfügt.

Mann sollte wissen,
wie weit
man
zu zweit gehen kann.

Um nicht zu weit
zu gehen.

oder

Um nicht zu weit zu gehen,
sollte man wissen,
wie weit
man
zu zweit
gehen kann.

Ein ruhig - lächelnd vorgetragenes Argument ist immer das stärkere.

***

Kluge Menschen
nehmen
viele Dinge richtig wichtig.

Sie hüten sich auch nur
eines
ernst zu nehmen.

Wer im Leben gut bluffen kann,
hat oftmals gute Karten.
Auch wenn er ein
schlechtes Blatt hat.

***

Unsere Leben bestehen aus Millionen von
Bildern.

Nur wer es versteht, erfolgreich Regie
zu führen,
wird preisgekrönt.

Ein Kuß kann die
Mund zu Mundbeatmung sein,
die ich brauche,
um wiederbelebt zu werden.

***

Nur ein Funken Liebe
kann
loderndes Feuer entfachen.

ZEIT-

mangel
ist
mangelnde

PLANUNG

Egal ob
um Verzeihung zu bitten oder
eine Verzeihung anzunehmen,
sich verzeihen,
das macht Freundschaft aus.

***

Respekt und Achtung
sind das Fundament
der
Freundschaft.

Schwierigkeiten
schweißen zusammen

***

Anteil nehmen setzt Anteil haben voraus.

Die Entscheidung zur Scheidung
kann ENT - SCHEIDEND sein.

***

Die Entbindung der Bindung
ist bindend.

Raum für Ihre eigenen Gedanken:

Raum für Ihre eigenen Gedanken: